MÉMOIRES

LUS

DANS LA SÉANCE PUBLIQUE

DU

BUREAU ACADÉMIQUE

D'ÉCRITURE,

En préfence de M. THIROUX DE CROSNE, Lieutenant-
Général de Police; de M. DE FLANDRE DE
BRUNVILLE, Procureur du Roi au Châtelet,

PRÉSIDENS DU BUREAU;

DE M. LE NOIR, Confeiller d'État, Bibliothécaire du
Roi, & de M. MOREAU, Confeiller du Roi en fes
Confeils d'État & Privé,

PRÉSIDENS HONORAIRES.

LE 8 DÉCEMBRE 1785.

PAR MM. HARGER, Membre & Secrétaire; D'AUTREPE,
Membre & Directeur; VERRON, Agrégé; & par Mlle ROZÉ,

A PARIS,

De l'Imprimerie de D'HOURY, Imprimeur-Libraire de Mgr le Duc D'ORLÉANS & de Mgr
le Duc DE CHARTRES, *rue Hautefeuille, près celle des deux Portes,* 1785.

M. DCC. LXXXV.

MÉMOIRE

DE

M. HARGER,

SECRÉTAIRE,

Sur les travaux du Bureau & sur les avantages
qui résulteront de la translation de ce Corps académique à la Bibliothèque du Roi.

MESSIEURS,

L'HOMME, soumis à l'empire irrésistible de ses besoins,
n'a jamais cessé de porter ses regards sur les Arts de première nécessité. Ce sont eux qui contribuèrent le plus im-
médiatement à son bonheur : il leur doit donc ses premiers
hommages. Ces mêmes besoins, toujours renaissans,

A

toujours impérieux, ont rassemblé les hommes, resserré les nœuds des Sociétés, fondé les Empires : ainsi la découverte, l'accroissement, la prospérité des Sciences & des Arts font proprement le fruit de nos infirmités. Telle a été la marche de l'esprit humain. Ce ressort, si énergique, si puissant en lui-même, éprouve dans tous ses efforts, qu'il est dans l'étroite dépendance d'un être foible. Mais l'accumulation des richesses améne, par degré, l'opulence, & l'homme est parvenu à s'élever, de la bêche & de la charrue, à l'observation, à la connoissance, au calcul rigoureux du système de l'Univers. Si le siècle de Louis XIV fut, à cet égard, le plus brillant de la Monarchie, le nôtre est en droit de se glorifier d'une multitude de découvertes utiles ; &, sous ce point de vue, il sera l'époque du plus grand développement de l'intelligence humaine. Sous un Roi bienfaisant & sage, qui se plaît à récompenser les talens, chacun s'empresse d'entrer dans ses vues ; & c'est à cet amour pour les Sciences & pour les Arts, que nous devons notre translation dans le Sanctuaire de toutes les productions du génie.

Le Magistrat, à qui cette Ville a dû, pendant long-tems, son abondance & sa tranquillité, que la confiance du Monarque a choisi pour veiller au dépôt précieux des Ouvrages littéraires de toutes les Nations, a jugé que des Artistes en Écriture pouvoient mériter une place au milieu des plus belles productions anciennes de leur art. Nous lui devions déjà, MESSIEURS, l'établissement de notre Bureau Académique, parce que rien de ce qui entre dans les besoins de cette grande & florissante Ville, n'a échappé à sa vigilance. Il étendoit sur nous la même main qui assuroit des secours à l'indigence, des consolations aux familles affligées,

des encouragemens & des bienfaits au zèle dirigé vers le
bien public. Et quels auroient été nos regrets, en appre-
nant fa retraite, fi elle n'eût été précédée par l'annonce
confolante d'un Succeffeur, dont l'adminiftration toujours
active, toujours bienfaifante, dans des tems difficiles & ora-
geux, lui a mérité les applaudiffemens & la reconnoiffance
d'une des plus importantes Généralités du Royaume. Graces
à vos vues bienfaifantes, augufte Monarque! A votre
amour pour vos Peuples, à votre difcernement dans le choix
de vos Miniftres, les places font la récompenfe du mérite,
& nous fommes à l'abri des maux qu'enfante le pouvoir
mal confié.

Vous êtes, MESSIEURS, les Préfidens-nés de cette
Académie, & votre amour, pour tout ce qui intéreffe le
bonheur de la Société, eft le garant de l'appui que vous ac-
corderez à nos efforts. Nous jouiffons, par une heureufe
exception, de l'avantage de pouvoir nous féliciter des chan-
gemens que tous les autres Citoyens envifagent comme des
pertes. Les mêmes Magiftrats, qui nous ont conftamment
protégés, fe réuniffent à leurs fucceffeurs pour nous protéger encore.

Nous n'avons épargné, MESSIEURS, ni foins ni
veilles pour mériter cette faveur. Les parties qui nous font
confiées par nos Lettres Parentes, confiftent dans la perfection des caractères de l'Écriture; dans la connoiffance
des anciennes écritures, pour en faciliter le déchiffrement;
dans les opérations de calcul, relatives au commerce, à la
banque & à la finance; dans la vérification des écritures
& fignatures, & enfin dans l'application des principes de
la Grammaire Françoife, relativement à l'orthographe.

L'exercice continuel que nous faisons de ces objets, nous les rend familiers : aussi osons-nous nous flatter d'être déjà entrés, à leur égard, dans les vûes du Gouvernement.

Nous avons donné, sur l'Écriture, les moyens de la tracer librement, afin de réunir la célérité, souvent nécessaire, à *la lisibilité*, qui en est le premier mérite. La beauté des caractères dépendant autant de la perfection de chaque figure, que du choix que l'on en doit faire, nous avons indiqué la préférence qu'il est raisonnable de donner à la forme de certaines lettres, pour éviter des erreurs auxquelles des analogies de configuration pourroient donner lieu. Semblable au Jardinier intelligent, qui relève l'éclat d'un parterre par des fleurs artistement distribuées, nous avons fait voir que l'ordre est le plus bel ornement de l'Écriture ; comme il consiste principalement dans la pente, l'alignement & les distances des lettres, nous avons démontré qu'il n'y a d'autre moyen pour y parvenir, que le continuel & méthodique exercice des organes du mouvement.

La belle exécution des Lettres devant être inséparable de l'orthographe, nous nous sommes occupés d'une méthode, dont le but est d'accoutumer la main à l'exercice de l'Écriture, en même tems qu'elle procure la pratique des règles de la langue. Rien n'est plus simple que cette méthode ; il ne s'agit que d'employer, dans les modèles, les principes de la Grammaire, de les développer, & de les étendre avec discernement, à mesure que l'Élève fait des progrès. Si les Parens secondoient les Maîtres dans l'usage d'un procédé si aisé dans la pratique, & dont le succès est certain, les jeunes gens qu'on ne destine point aux états pour lesquels la langue latine est nécessaire, en retireroient des avantages

marqués. Ils confacreroient alors plus de tems à l'Écriture,
parce qu'elle marcheroit de concert avec la Grammaire Françoife ; & avec ce double acquis, ils pourroient fe livrer plutôt aux différentes profeffions auxquelles ils fe feroient def-
tinés.

Les calculs étant une partie des Mathématiques, ils par-
ticipent aux propriétés de cette fcience. Leur utilité n'eft
pas bornée aux befoins journaliers de la fociété, ils ont encore l'avantage de former le jugement, parce qu'ils accou-
tument l'efprit à procéder toujours par des moyens fcru-
puleufement réguliers. Avertis, par l'expérience, que la plupart des Élèves en oublient les opérations, prefqu'auffi-tôt
qu'ils les ont apprifes, nous nous fommes attachés à la démonftration des principes fur lefquels elles font fondées ;
& les fuccès nous ont dédommagés de notre application.

Quant à la vérification des Écritures, que l'on ne croit
établie que fur des reffemblances & des diffemblances dans
les lettres, nous avons fenti l'importance de déraciner une
erreur, dont les fuites ne peuvent que troubler l'ordre public. Moins pour notre intérêt que pour celui de la Société,
au fervice de laquelle nous fommes dévoués ; nous avons
porté jufqu'à la démonftration, que la diftinction du faux
réfide abfolument dans la connoiffance des effets des agens
du mouvement ; que l'organifation de ces agens n'étant jamais univerfellement la même dans deux individus, il en
réfulte néceffairement des différences dans leurs productions, quelque précaution que l'un d'eux prenne pour
imiter l'autre. Et quoique cette imitation procure quelquefois plus de reffemblances entre l'original & la copie, qu'il
n'y en a fouvent entre deux Écritures d'un feul Auteur : le

véritable Artiste trouve, dans la nature même, des guides
sûrs pour en distinguer les causes.

Tel est, MESSIEURS, le précis de nos travaux depuis
notre établissement, & c'est ce qui nous fait dire, avec une
sorte de confiance, que nous avons répondu à l'intention qu'a
eu le Législateur, en nous érigeant en Corps académique.

Quelques-unes de nos Provinces se félicitent d'avoir au
milieu d'elles des Instituteurs habiles & des Vérificateurs
éclairés. C'est à la correspondance du Bureau avec ces
Maîtres, qui lui sont associés, que l'on doit cette heureuse
révolution.

Nous ne nous rendrons pas, MESSIEURS, le même témoignage sur la partie du déchiffrement des anciennes Écritures : le défaut de matériaux a mis un trop grand obstacle
aux progrès que nous aurions pu faire. Nous nous plaisons
à croire que cet obstacle est levé. Ces innombrables Manus-
crits qui ont déjà servi d'aliment à la sagacité, à la critique
éclairée & laborieuse de tant d'hommes distingués ; ces
Monumens Inestimables, dont le prix est encore augmenté
par les soins & par l'étendue des connoissances du Savant
qui veille à leur conservation, pourront, sous ses auspices
& sous la lumière de ses Conseils, ouvrir à notre zèle, les
avenues de l'érudition. Resserrés dans ces avenues, nous ne
porterons point des mains indiscrettes sur les matériaux
destinés à reculer successivement l'enceinte du temple de la
Littérature. Nous croirons avoir assez fait, pour la portion
de gloire à laquelle nous aspirons, en arrachant, par la facilité de la lecture, les ronces sous lesquelles des matériaux,
souvent précieux, ne restent que trop long-tems ensevelis.
Nous épargnerons aux successeurs des Dupuy, des Pithou,

des Godefroy, des Duchefne, des Baluze, la fatigue & les
dégoûts d'un défrichement qui éloigne les plus riches, les
plus abondantes moiffons. Ce font les moiffons feules qui
doivent être le fruit de leurs lumières, & auxquelles il
eft jufte d'attacher le facrifice de leur tems. Pour nous,
MESSIEURS, renfermés dans l'étude & la connoiffance
des fignes, nous jouirons, fans éclat il eft vrai; mais avec
cette joie douce qui naît de la certitude des'être rendu utile,
du bonheur de diminuer les travaux de ceux qui font nés
pour s'élancer dans la fcience des chofes. Majeftueux dépôt !
Monument digne de la grandeur & de la magnificence de
nos Rois ! tu n'exifterois pas fans l'Écriture : c'eft donc avec
une forte de juftice que les Profeffeurs de cet Art obtien-
nent aujourd'hui un afyle dans l'enceinte des murs qui te
conferyent à la poftérité. L'efpèce de befoin de ce rappro-
chement, ne pouvoit être bien fenti que par un Magiftrat
d'une ame élevée, qu'une heureufe habitude de l'ordre con-
duit fans méprife, à la réunion des détails, qui embéliffent
& fortifient tout à la fois, les établiffemens dont le bien public eft l'objet.

Nous ne croyons point, MESSIEURS, nous faire illu-
fion, en efpérant que notre admiffion dans ce fanctuaire,
fera fuivie de plufieurs avantages pour la Société. Nous
pourrons, comme Artiftes, méditer fur les Écritures anciennes; déterminer les époques des progrès de l'Art &
celles de fa décadence; fuivre les opérations de la main dans
ces abréviations qui forment un labyrinthe, où il eft fi difficile de ne pas s'égarer; juger, par les connoiffances que
nous avons fur les facultés propres à l'Art d'écrire, ce qui a
pu donner lieu à ces abréviations, & apprécier le degré de

leur influence fur la configuration des caractères modernes.

Si nous portons nos regards fur l'orthographe, que d'obfervations ne pourrons - nous pas faire! que de nuances fuccessives à démêler entre notre langue écrite, telle qu'elle eft aujourd'hui, & celle des fiècles qui nous ont précédés.

La ftabilité n'appartient qu'aux langues mortes. L'ufage, le feul ufage, change, détruit la loi dans les langues vivantes. L'autorité de ceux qui fe diftinguent dans la Littérature, fubjugue infenfiblement toutes les opinions. C'eft, par cette raifon, que nous avons vu de nos jours, le mot *fou*, défignant la vingtieme partie de la livre de compte, fuccéder au mot *fol*; que dans le mot *boîte*, l'*i*, couronné de l'accent circonflexe, a fubftitué l'*e* tréma, & qu'enfin l'*a* remplacera peut - être univerfellement l'*o*, dans les impatfaits & conditionnels préfens des verbes, ainfi que dans les noms nationaux, tels que *françois*, *anglois*, & autres.

De quelle utilité ne feroit donc pas, pour des chefs de familles, un Ouvrage qui, en contenant le tableau des différentes révolutions de notre langue & de notre orthographe, leur faciliteroit le déchiffrement de leurs titres? Et où puifer ailleurs que dans cette Bibliothéque immenfe, les connoiffances néceffaires pour le former?

Mais, MESSIEURS, après vous avoir parlé des différens avantages que la Société pourra retirer de notre tranflation, y auroit-il de la préfomption de notre part, fi nous ajoutions que nous pourrions devenir de quelque utilité à la Bibliothéque même, & comme Vérificateurs, & comme Peintres en Écriture?

Comme Vérificateurs, parce que, parmi les Manufcrits qui compofent cette fuperbe collection, il en eft qui forment

un

un département particulier, & qui peuvent avoir un rapport
plus direct à nos occupations actuelles ; ce font les actes
originaux des familles nobles du Royaume. Les expériences
que nous avons faites fur la vérification, nous autorifent à
croire que perfonne n'eft plus en état que nous d'éclairer le
Gouvernement, fur la foi que méritent ces Manufcrits,
lorfque des mains téméraires auroient ofé les profaner,
pour fubftituer des familles nouvelles à d'anciennes, & à
des maifons qui feroient ou éteintes ou reléguées fans cré-
dit dans les Provinces. La diplomatique étant l'art de con-
noître l'âge & l'authenticité des Manufcrits, nous ne pré-
tendons pas nous affimiler à cet égard, aux Savans qui
font à la tête des différens départemens de cette Bibliothéque. Nous les regarderons toujours comme nos Maîtres,
& nous nous eftimerions heureux, fi quelques étincelles de
leurs lumières pouvoient arriver jufqu'à nous ; mais dans le
fait dont il s'agit, comme la queftion n'auroit rapport ni à
l'âge, ni à l'authenticité du manufcrit, qu'il faudroit décider
fi les mots fubftitués font, ou ne font pas de la main de
celui qui a écrit le corps de l'acte ou diplome, nous penfons
que cet objet eft du reffort de l'Expert-Écrivain. La fubfti-
tution peut avoir pour caufe la méprife d'un fcribe origi-
naire. Elle peut-être une correction frauduleufe. Dans l'un
ou l'autre cas, les caractères fubftitués feront de même
genre que les primitifs. Leur reffemblance proviendroit ou
de l'unité de la main qui les auroit tracés, ou de l'imitation
qui en auroit été faite ; & il n'y a que des Experts dans
l'art d'écrire qui puiffent diftinguer, dans des productions,
femblables en apparence, celles qui font naturelles de celles
qui ne font que factices. Le toucher plus ou moins ferme, les

B

effets de la plume réſultant de ſes différentes tenues entre
les doigts, la roideur ou la foupleſſe de ceux-ci, la poſition
& le dégagement de la main, le mouvement vif, accéléré
ou ralenti, voilà les pierres de touche dont l'application
met les Experts à portée de prononcer avec ſûreté, & de
diſtinguer ſouvent, à la vue des productions, le caractère
bouillant ou tranquille de l'individu qui les a tracées. Peut-
être objectera-t-on que cet Art eſt conjectural. Mais en ad-
mettant qu'il le fût, lors même qu'il eſt exercé par des
Artiſtes qui en méditent journellement les principes, que
feroit-il pour ceux qui les ignorent, & qui, n'ayant ſur
l'Écriture qu'une pratique aveugle, favorable aux conjectures les plus haſardées, ne peuvent avoir aucune baſe pour
aſſeoir de ſolides motifs ?

L'utilité dont nous pourrions être pour la Bibliothéque,
comme Peintres en Écriture, auroit pour objet la répara-
tion d'accidens arrivés à des Manuſcrits de ce dépôt, ou à
quelques-uns de ceux deſtinés à en faire partie. Des Livres
imprimés pourroient auſſi, en diverſes circonſtances, avoir
beſoin d'une main imitatrice pour faire diſparoître quelques imperfections. Qu'il feroit flatteur pour nous, ſi, en
puiſant dans ces ſources pour l'accroiſſement de nos con-
noiſſances, ſur les parties qui nous ſont confiées, nous
pouvions manifeſter notre gratitude, en nous rendant
utiles au dépôt qui nous les auroit procurées.

MÉMOIRE

DE M. D'AUTREPE,

DIRECTEUR,

SUR LA VÉRIFICATION

DES ÉCRITURES.

Messieurs,

Le faux est un crime capital, plus ou moins nuisible à la
société, suivant les objets qu'il embrasse ; celui qui s'exerce
sur la monnoie, est inquiétant : il trouble les opérations du
commerce & de la finance : il fait naître dans tous les
esprits, une juste défiance ; mais comme il est borné dans
ses effets, il n'en peut résulter que quelques pertes modi-
ques pour le Particulier : d'ailleurs la loi le punissant du der-
nier supplice, la sévérité du châtiment étouffe dans le plus
grand nombre de ceux qui seroient capables de le com-
mettre, le desir d'un gain qui met la vie en danger, &, par

cette raifon, il y a peu d'hommes qui ofent l'entreprendre.

Il n'en eft pas ainfi du faux en matière d'Écriture : comme tout le monde écrit, l'on s'imagine qu'il n'y a point de difficultés à imiter ou à déguifer les caractères ; & de ce fatal préjugé, eft réfulté cette foule de fauffaires qui, dans tous les tems, ont défolé la Société. Combien a-t-on vu de malheureux, qu'une foif ardente de l'or confumoit, fe fervir du funefte talent d'imiter les Écritures naturellement ou par artifice, pour fe former des créances fur de riches Particuliers, & en réclamer enfuite avec une impudente hardieffe, la valeur par les voies juridiques ! Combien a-t-on vu de ces ames mercénaires qui, faifant un trafic honteux de l'Art d'écrire, fe font vendus à des collatéraux éloignés, ou même à des étrangers dont la cupidité a ofé produire un ouvrage de ténebres pour les volontés d'un teftateur judicieux ou bienfaifant ! Combien de débiteurs ingrats ont eu la baffeffe de dénier la cédule qu'eux-mêmes avoient tracée, pour fe fouftraire aux devoirs facrés de la juftice & de la reconnoiffance ! Combien de ces efprits inquiets & chagrins, qui n'approuvent rien, & dont la téméraire audace ofe pénétrer dans le Confeil des Rois, dans le cabinet des Miniftres, & leur donner des leçons ! Combien de ces génies fatyriques, dont les railleries & les piquantes ironies, attaquent indifféremment, dans des Libelles fcandaleux, la Religion, les Mœurs, les Loix, le Gouvernement, les Magiftrats, & tout ce qu'il y a de plus refpectable ! Combien de ces ames atroces qui, dans l'effervefcence du venin dont les nourrit l'envie ou la vengeance, défuniffent, par des Écrits anonymes, les Époux, les Familles, les Amis : font naître des foupçons injurieux fur l'honneur &

la probité de perfonnes en place, & fe font même quelquefois un plaifir barbare d'aller jouir des larmes & de la douleur de ceux qu'ils ont outragés! Combien enfin, l'Écriture
entre les mains des méchans, eft - elle donc la caufe de
tant de délits, ou plutôt de crimes, qui auroient entiérement
troublé la tranquillité publique & particuliere, fi l'on n'avoit
oppofé, par une loi auffi fage que prudente & réfléchie,
une digue à ce torrent de forfaits dont la fociété étoit
inondée !

L'on comprit que les fignes qui compofoient l'Écriture,
étant fimples & fubordonnés à une multitude de caufes,
telles que les difpofitions des diverfes mains, le goût particulier de chaque individu qui en faifoit ufage, l'arrange-
ment des figures & les différentes habitudes, devoient néceffairement établir entre toutes les Écritures, des diffemblances qui, pour être peu, ou même point du tout fen-
fibles au plus grand nombre, devoient, par une raifon
d'expérience, être vifibles à certains yeux capables d'en
faire le développement ; de là réfulta une loi appelée
Preuve par comparaifon d'Ecriture, qui foumit l'examen
des caractères conteftés à des hommes qui profeffoient
l'Art d'écrire, & qui, par les démonftrations continuelles
qu'ils faifoient de cet Art, dans l'enfeignement de ceux
qui recevoient leurs leçons, paroiffoient néceffairement
être les feuls en état de diftinguer les différences des productions d'une main, d'avec celle d'un autre; en conféquence, l'Ordonnance de *1670*, rectifiée en 1737, fous le
feu Roi, devint le Code de toutes les Jurifdictions du
Royaume, pour l'inftruction des affaires de faux, tant au
civil qu'au criminel, & depuis cette époque, dans tous les

délits relatifs à l'Écriture, les Maîtres Écrivains furent toujours appelés comme juges ou comme témoins.

Cette preuve, le seul moyen dont on peut faire usage dans ces sortes de cas, n'a jamais cessé de trouver des Adverſaires dans les Juriſconſultes : les Ménochius, les Mornac, les Bornier, les Thevenot, & beaucoup d'autres, ſe ſont efforcés de la déprimer ; mais le plus formidable ennemi qu'elle ait jamais eu, a été Le Vayer de Boutigni. Outré d'avoir échoué dans la cauſe qu'il ſoutenoit pour les Héritiers de Jean Maillard, contre ce même Jean Maillard, qui, après une très-longue abſence, venoit revendiquer ſon état & ſes biens : cauſe où la Preuve par comparaiſon d'Écriture ordonnée par les Juges, vint à l'appui de toutes les autres, & les fit triompher, en décidant que celui qui ſe préſentoit étoit réellement le vrai Jean Maillard, par la conformité qu'elle trouva entre ſon ancien caractère & celui qu'il produiſit alors. Le Vayer prit la plume, & crut ſe dédommager de l'inſuffiſance des moyens qu'il avoit employés pour détruire les prétentions de ce Citoyen, en déclamant contre cette preuve, & en ramaſſant dans les Inſtituts de l'Empereur Juſtinien, & dans les écrits de tous les Légiſtes qui l'avoient précédé, tout ce qui lui parut le plus capable d'en affoiblir la pratique, & le plus favorable au ſyſtême d'incrédulité qu'il affecta d'avoir pour elle. Peut-on donc donner quelque confiance à un ouvrage que la mauvaiſe humeur fit éclorre ? Peut-on même raiſonnablement le citer dans une affaire de faux ? Peut-on paſſer à cet homme les qualifications d'*inutile*, d'*abuſive*, même de *dangereuſe*, qu'il oſe donner à la Preuve par comparaiſon d'Écriture ? La paſſion ne lui permit pas de réfléchir ſur l'inconſéquence d'un procédé qui le mettoit en opposition avec la loi. Vous êtes donc plus sage, pouvoit-on lui dire, plus éclairé, plus prudent que le Législateur ; vous l'accusez tacitement d'insuffisance & d'injustice : d'insuffisance, en ce qu'il n'a pas prévu l'inutilité de la loi qu'il établissoit : d'injustice, en ce qu'il l'a promulguée, malgré les abus & le danger qui pouvoient en résulter. Or je demande s'il est permis à qui que ce puisse être, de s'élever contre l'autorité d'un Législateur : autorité d'autant plus respectable, qu'elle entretient dans la Société, par la sagesse des Loix qu'elle établit, cette harmonie de laquelle résulte la tranquillité publique & particuliere.

Il est aisé cependant de voir que la dyatribe de ce Légiste n'a pas seulement pour objet la Preuve par comparaison d'Écriture, mais plus encore les Experts auxquels la Loi en confie l'exercice ; si on l'en croit, leurs lumières sont trop bornées pour parvenir à découvrir la vérité par ce moyen ; & pour le prouver, il rapporte un nombre de faits qui constatent, selon lui, les erreurs dans lesquelles sont tombés les Experts de tous les tems : sur quoi il est bon d'observer que ces faits, s'il eût un peu réfléchi, n'appuyoient en rien ce qu'il avançoit, puisque la manière d'écrire du tems de Justinien & des siècles suivans, n'avoit aucun rapport avec celle du tems, où lui-même écrivoit ; que rien n'offroit dans ces anciens caractères & dans la manière dont ils étoient tracés, aucun objet d'après lequel un Observateur éclairé pût tirer de justes conséquences ; au lieu que, dans l'exécution des caractères modernes, il y a une multitude de choses qui fixent les regards d'un Expert intelligent, & qui le mettent en état de décider de la vérité ou de la fauſſeté des pièces qui lui ſont préſentées. Au reſte, je n'entreprendrai point, M E S S I E U R S, de réfuter ici toutes les aſſertions de Le Vayer ni de ſes adhérens ; elles pêchent eſſentiellement dans les principes ; parce qu'elles ne ſont fondées que ſur les préjugés de leurs auteurs. Ces Juriſconſultes ne donnent pas une grande idée de leur logique, & vous en allez juger par deux propoſitions, l'une de Bornier, & l'autre de Thevenot, que je vais vous expoſer, & dans leſquelles je me renfermerai pour ne vous point ennuyer par une controverſe qui, quoique très-importante, pour convaincre les fauſſaires, & même une infinité de perſonnes, de la foibleſſe des armes que l'on emploie pour combattre la Preuve par comparaiſon d'Écriture, ainſi que les moyens dont nous nous ſervons dans ſa pratique, n'en eſt guères plus amuſante pour les Auditeurs.

Bornier ne craint pas de dire avec toute l'aſſurance d'un homme convaincu de ce qu'il avance, que les Experts dans l'Art d'écrire, *ne ſont pas plus à l'abri de la ſéduction des fauſſaires que les Juges & les Particuliers.* Comment, avec la plus foible lueur de raiſon, peut-on avancer une pareille propoſition ? Si effectivement il y a des fauſſaires aſſez verſés dans l'imitation des Écritures, pour en impoſer aux Juges, aux Particuliers, s'ils portent l'habileté juſqu'à faire illuſion à l'Artiſte lui-même : c'eſt donc en vain que celui-ci aura vieilli dans ſon Art : c'eſt en vain qu'il aura étudié la Nature, dans le jeu & le concours des organes qui exécutent l'Art d'écrire : c'eſt inutilement qu'il aura comparé tous les réſultats poſſibles des diverſes diſpoſitions, des difrentes gradations de mouvement : c'eſt en vain qu'il aura combiné tous les effets de l'inſtrument avec lequel il opére

dans

dans toutes les positions de main, d'avant-bras, de tenue
& de taille de plume, de légèreté ou de pesanteur, de force
ou de foiblesse ; enfin c'est en vain qu'il se sera attaché à
démêler les différences que doivent nécessairement offrir
dans l'inspection & le corps même des caractères, les di-
verses circonstances d'âge, de maladie, de santé, de co-
lère, de tranquillité d'esprit, de nouveaux principes. Cette
étude est donc inutile ; elle ne lui donne aucune supério-
rité de lumière sur le Juge & le Particulier, dès qu'il est
dans le cas d'errer avec eux : l'Expert n'est donc qu'un être
chimérique, auquel une loi peu réfléchie donne l'existence ;
telle est la conséquence nécessaire qui doit résulter de la
proposition de Bornier : proposition peu réfléchie ; car
est-il probable que des Juges, qui passent leur vie à étudier
les Loix : que des Militaires, qui ne s'appliquent qu'aux détails de leur état : que des Ecclésiastiques, qui ne s'occupent
que des fonctions de leur ministère : que des Gens de
Lettres qui, ensevelis dans leur cabinet, songent bien
moins à la configuration des caractères, qu'à la justesse de
leurs idées, & à l'élégance de l'expression : que des Avocats,
des Notaires, des Procureurs, des Greffiers, qui ne font
usage de l'Écriture que par nécessité, & qui, pour la plus
grande partie, la défigurent, au point d'être souvent indé-
chiffrable : que des Particuliers enfin, qui exercent des
charges ou des professions quelconques, auxquelles la pratique de l'Écriture est peu nécessaire ; est-il probable, dis-je,
que ces personnes puissent voir dans les caractères, ce que
des yeux artistes y découvriront ? Or s'il est évident qu'elles
ne peuvent avoir cette faculté, l'assertion de Bornier est
non seulement fausse ; mais elle tend encore à persuader

C

aux fauſſaires; qu'ils n'ont rien à redouter des lumières de l'Expert, par conſéquent qu'ils ſont ſûrs de l'impunité; & voilà le ſervice que ce Légiſte & tous ceux qui penſent comme lui, rendent à la Société.

Ce premier dit donc, que *les Juges, les Particuliers & les Experts pouvoient être trompés par les fauſſaires* : en voici un autre, c'eſt Thevenot qui prétend qu'*une Ecriture qui ſera reconnue & avouée par un Particulier, avoir été par lui faite, eſt une comparaiſon plus certaine, que ſi tous les Experts du monde diſoient le contraire par les règles de leur Art, qui ne ſont pas toujours certaines.* Si une pareille hypothèſe étoit ſoutenable : ſi elle trouvoit des partiſans, l'honneur, la fortune, la liberté, la vie même des Citoyens ne ſeroient plus en ſûreté : le crime en deviendroit plus audacieux, le fauſſaire ſeroit à l'abri du châtiment, l'Artiſte ne ſeroit point écouté, & la juſtice frapperoit de ſon glaive, un innocent qu'une inſpection trompeuſe auroit obligé de s'avouer coupable, il ne me ſera pas difficile de vous le démontrer.

S'il y a, d'après ce Légiſte duquel je viens de vous rapporter, MESSIEURS, les opinions ſur la Preuve par comparaiſon d'Ecriture, des fauſſaires aſſez habiles pour faire illuſion aux Experts, on ne conteſtera pas, qu'à plus forte raiſon, ils ne doivent en impoſer encore plus aiſément aux Juges & aux Particuliers? Si l'un de ces célebres fabricateurs de faux déploie ſes talens iniques, pour imiter le caractère entier, ou ſimplement la ſignature d'une perſonne, & qu'il y ait réuſſi d'une manière à la faire tomber dans le piège, *cette Ecriture ou cette ſignature, reconnue & avouée par cette perſonne, avoir été par elle faite, eſt donc ûne comparaison plus certaine, que si tous les Experts du monde difoient le contraire par les règles de leur Art, qui ne font pas toujours certaines.* C'eft en vain qu'elle proteftera de fon innocence, lorſqu'elle fera inſtruite du contenu de l'écrit qu'on lui impute, ou qu'elle refufera de foufcrire à ce que fa fignature femble approuver : elle a reconnu & avouéé fon écriture : cette comparaifon eft plus certaine que fi tous les Experts, du monde difoient le contraire par les règles de leur Art ; donc l'on doit févir contre cette per-fonne : c'eft la conféquence naturelle de la propofition de Thevenot. Convenez, Messieurs, que fi le fentiment de ce Jurifconfulte avoit été adopté, l'on auroit fouvent condamné, comme coupables, des innocens que l'infpec-tion d'un caractère femblable au leur auroit trompés ; mais heureufement pour eux, la prudence des Juges, leur a tou-jours fait appeler dans ces circonftances embarraffantes, des Experts qui ont dévoilé à leurs yeux, ainfi qu'à ceux des parties intéreffées, l'artifice des fauffaires ; & l'affer-tion de Thevenot n'a femblé d'aucune confidération à ces Juges, lorfque les Experts ont prouvé le contraire par les règles de leur Art ; & cela devoit être ainfi ; parce que le fens de la vue d'après lequel les Experts décident, eft, en eux, à l'abri de la féduction, lorfque celui des Particuliers qui ne font point Artiftes, eft fufceptible d'en recevoir toutes les impreffions.

Vous venez de voir, Messieurs, l'inconvénient affreux qui peut réfulter pour l'innocent, de cette hypo-thèfe peu réfléchie ; il eft aifé de vous prouver maintenant, combien elle eft favorable au fauffaire & au méchant.

Si une Ecriture qui fera reconnue & avouée par un

*Particulier, avoir été par lui faite, est une comparaison plus
certaine, que si tous les Experts du monde disoient le contraire
par les règles de leur Art, qui ne font pas toujours certaines,*
il s'enfuit, par le contraire, qu'une Écriture qui fera mé-
connue & désavouée par un Particulier, pour n'avoir été
par lui faite, *est une comparaison plus certaine, que si tous
les Experts du monde disoient le contraire par les règles de
leur Art, qui ne font pas toujours certaines,* l'on ne peut ipfir-
mer l'inversion ; elle existe de droit dans la proposition :
donc la négation doit avoir autant de poids que l'affirmation : donc le calomniateur & l'envieux peuvent répandre
le trouble, la division & la douleur dans les familles : donc
les ames perverses peuvent porter la discorde dans tous les
ordres de l'État : donc la justice n'a point d'action sur eux :
donc ils font sûrs de l'impunité ; cette suite de conséquences
résulte nécessairement de l'hypothèse de Thevenot, parce
que si l'on admet l'affirmation, *parce qu'elle est plus certaine,
que si tous les Experts du monde disoient le contraire par les
règles de leur Art ,* la négation participe au même privilège,
parce qu'elle doit être également plus certaine, *que si tous
les Experts du monde disoient le contraire par les règles de
leur Art.* Ne font-ce pas plutôt de pareilles assertions,
MESSIEURS, qui méritent le nom de *fumée,* que les
conjectures & les observations des Experts auxquels ces
Légistes donnent cette épithète ? Il est heureux, au reste,
pour la tranquilité publique & particulière, que ces idées
n'aient point fait fortune dans nos Tribunaux : après tout,
elles ne pouvoient pas y avoir entrée, parce que la sagesse,
la prudence & la raison en gardent les avenues.

Je ne finirois pas, MESSIEURS, s'il étoit question de

vous expofer tous les fophifmes, tous les faux raifonnemens
des Adverfaires de la Preuve par comparaifon d'Écriture,
remplis de préjugés fur un Art qu'ils ignorent, & dont ils
veulent abfolument parler, il n'eft point étonnant de les
voir tomber dans des erreurs groffieres, toujours dange-
reufes, par les fauffes idées qu'elles donnent de notre Art
& des moyens que nous employons pour découvrir la vérité (1).

Il eft donc évident, MESSIEURS, que la reconnoiffance ou la négation d'une Écriture, faite par des Particuliers, n'eft d'aucune confidération, parce que tant de différens motifs peuvent y donner lieu, que c'eft avec fageffe &
prudence que les Juges appellent les Experts comme les
feuls auxquels il appartient de prononcer fur cette matière.

Que les fabricateurs de faux, par leur candeur hypocrite,
ceffent de trouver des défenfeurs, & cette pefte de la Société, fe détruira infenfiblement. En leur déclarant une
guerre à outrance, nous fommes bien éloignés d'aller au-
delà des bornes que la droiture du cœur & l'humanité pref-
crivent à des ames honnêtes : nous fuivrons toujours la

---

(1) Les Adverfaires de la Preuve par comparaifon d'Écriture, citent dans leurs
Ouvrages, différentes erreurs dans lefquelles ils prétendent que les Experts font tombés; mais on obferve qu'ils ont toujours recours aux mêmes exemples : tandis que les
Experts pourroient, pour la défenfe de leur Art, en citer tous les ans de nouveaux,
où la comparaifon des Écritures a eu le plus grand fuccès. L'Auteur de ce Mémoire ,
en a rapporté ici deux qui détruifent, fans replique, les affertions réfutées; mais
comme le précis de ces affaires, quelque gazé qu'il fût, auroit pu compromettre des
familles honnêtes : la prudence n'a pas permis de le faire imprimer. L'un s'eft paffé
au Châtelet, à la requête du Miniftère - Public, dans les fix premiers mois 1785 ,
& l'autre à la Jurifdiction Confulaire , en Octobre de la même année.

maxime, qu'il vaut mieux fauver dix coupables, que d'inculper un innocent. Le zèle qui nous fait travailler à acquérir de nouvelles lumières pour diftinguer avec certitude le vrai du faux : les expériences que nous faifons pour découvrir les rufes & les artifices que les fauffaires emploient pour nous tromper, & arriver à leurs fins : le défintéreffement enfin qui nous a fait entrer dans cette carrière, & qui nous y fait perfévérer, quoique nous travaillions contre nos intérêts : toute notre conduite démontre donc que l'acquit des connoiffances qui nous font néceffaires, l'honneur & la confidération du bien public, font les feuls motifs qui nous animent. Heureux, fi ces fentimens peuvent nous mériter un regard du Prince chéri qui nous gouverne! l'eftime de la Magiftrature, & particuliérement celle du Mecene qui nous a toujours honorés de fa confiance, de fes bontés, & à qui nous fommes redevables de l'honneur de vous entretenir aujourd'hui, Messieurs, dans le plus riche Monument de la Capitale, dont les dépôts précieux font confiés à des Savans eftimables qui ne dédaigneront pas de nous aider de leurs lumières & de leurs confeils, pour nous rendre de plus en plus utiles à nos Concitoyens.

MÉMOIRE
DE M. VERRON,
AGRÉGÉ,
SUR L'ART DE L'ÉCRITURE
ET SUR SON ENSEIGNEMENT.

MESSIEURS,

CETTE assemblée bril'ante où se trouvent des Magistrats respectables, qui daignent au nom d'un Roi bienfaisant, protéger des hommes distingués dans les arts qu'ils professent, cette réunion des divers États d'une Nation éclairée, est imposante & m'intimide.

COMMENT puis-je élever ma voix devant vous, MESSIEURS, lorsque je conçois la difficulté de traiter d'un Art aussi stérile & aussi sec, dans ses détails, que celui de l'Écriture ? Il faudroit une plume plus éloquente que la mienne pour pouvoir vous intéresser.

En vain les Membres de ce Bureau Académique daignèrent m'élever jufqu'à eux, en me nommant Agrégé, &, enfuite, Profeffeur d'Écriture dans leur Compagnie; en vain ils eurent, pour mes foibles effais, toute l'indulgence poffible; elle ne m'a point aveuglé. C'eft en m'appréciant que j'en reffens mieux, aujourd'hui, l'obligation que je leur ai d'avoir avantageufement préfumé de mon zèle; mais ce zèle ne fuffit pas, vous en conviendrez; & je n'ofe me flatter, malgré mes efforts, d'avoir rempli d'une manière fatisfaifante la tâche qui m'étoit impofée.

Le Public a droit d'attendre continuellement de ce Bureau Académique, de nouvelles preuves de fon dévoûment, de fon travail, de fon influence fur tous les Artiftes qui s'occupent de l'Écriture & de fon enfeignement.

Il faut conféquemment que les Profeffeurs, chargés de la démonftration des diverfes parties dont on s'occupe dans ce Bureau, foient d'une expérience reconnue & affez inftruits pour ne donner que des notions juftes, précifes, appuyées fur des autorités refpectables, parce que ce font eux qui doivent donner, fur tous les arts qu'ils enfeignent, les principes les plus clairs, les méthodes les plus faciles, & qui, par l'amour de leur état, doivent faire naître l'émulation parmi les jeunes Écrivains que l'on admet aux conférences de cette Académie.

Ce Lycée doit être confidéré, pour ainfi dire, comme un foyer de lumière, alimenté fans ceffe par les obfervations & les differtations des Profeffeurs : ce font ces Profeffeurs qui, par leurs entretiens, forment des Experts capables

capables de s'occuper des fonctions importantes de la vérification, inspirent aux jeunes Maîtres le goût si précieux de
l'étude, & le don si rare de bien instruire.

Le premier des Arts dont s'occupe ce Bureau Académique, étant la perfection de l'Écriture, & cette perfection
dépendant de l'enseignement, je vais hasarder quelques réflexions sur ces objets, persuadé que j'éprouverai encore
l'indulgence des Artistes que j'admire, sans espérer de pouvoir jamais les atteindre; semblable à un jeune arbrisseau
qui croît parmi des arbres élevés, & qui ne produit des
fruits qu'à la faveur de leur ombrage.

L'utilité de l'Écriture est trop bien reconnue pour que
j'entreprenne d'en faire ici l'éloge, ni de rien ajouter aux
savantes dissertations qui en ont été faites : on a tellement
approfondi cette matière, qu'il ne reste presque plus rien
à en dire. Ainsi, sans vouloir remonter à son origine, ou
par des conjectures aussi vagues qu'incertaines, vouloir fixer
l'époque des premiers écrits, je me bornerai simplement à
vous entretenir, Messieurs, de l'Écriture & de ses
rapports avec les sciences & les besoins de la société.

Chacun convient de son antiquité, tout homme instruit
admire avec raison l'invention inestimable d'un Art qui
fait, pour ainsi dire, revivre la parole : l'on convient de
son utilité, de ses admirables ressources, & néanmoins elle
est souvent négligée ou regardée par la plupart des hommes,
avec indifférence.

On se contente d'en obtenir une connoissance imparfaite
par un léger travail de quelques mois, & l'on croit avec

D

auſſi peu de talens, pouvoir s'occuper des affaires les plus importantes.

IL s'enſuit qu'étant peu inſtruit de cet Art, on le dédaigne, & que cette indifférence fait regarder avec dégoût le travail qui peut ſeul donner une belle Écriture; ſouvent même les Maîtres chargés d'un enſeignement auſſi pénible, en éprouvent des déſagrémens, & quelquefois une opinion déſavantageuſe devient pour eux la récompenſe de leur zèle & de leur ſollicitude.

IL s'enſuit de ce dégoût pour l'Écriture, qu'un jeune homme qui n'écrit qu'imparfaitement, qui ne ſait pas expédier liſiblement, ne s'occupe preſque point de compoſition, la lenteur de ſon expédition le rebute, lui fait perdre le fruit de ſes études, & prive la ſociété d'Ouvrages utiles ou agréables.

MAIS à qui doit-on attribuer l'indifférence qu'on a pour l'Écriture ? Ne ſeroit - ce point la manière difficile & pénible d'enſeigner qui en dégoûteroit les Élèves ? Ne ſeroit-ce point ces préparations faſtueuſes, ces grands mots ſcientifiques, & ces trompeuſes démonſtrations bien compliquées, bien ſurchargées de figures géométriques qui en rendroient l'étude rebutante ?

APPROFONDISSONS cette queſtion, & remontons, s'il eſt poſſible, aux vraies cauſes de la décadence de l'Écriture.

POURQUOI (diſent ſouvent des perſonnes peu inſtruites à la vérité) tous ces préliminaires impoſans, lorſqu'il ne s'agit dans la ſociété que d'avoir une Écriture courante &

lisible ? A-t-on besoin de s'exercer pendant plusieurs mois à
tracer des lignes droites ou courbes, pour ensuite former
des lettres ? Pourquoi ne pas donner à un Élève dès le premier jour, de bons modèles d'Alphabets ? Qu'il s'applique
chaque jour à bien former une seule lettre, il saura écrire
au bout d'un mois.

IL est vrai qu'on pourroit supprimer les exercices prépa-
ratoires, &, sans aucuns préliminaires, faire passer un
Élève à la formation des caractères dont il a besoin ; mais,
alors, il ne sauroit que dessiner ces caractères. Le mouvement
nécessaire pour tracer chacun d'eux, n'ayant pas été préparé par de bons exercices, il est certain qu'il ne pourroit acquérir le tact juste qui convient pour tracer des lignes
droites, courbes ou penchées parallèlement, suivant ce
qu'il voudroit tracer ; elles auroient toujours des différences
entr'elles, si les doigts & le pouce, accoutumés à un mouvement facile, ne concouroient, avec le transport du poi-
gnet & du bras, à donner la rectitude, l'ensemble qui ca-
ractérisent la belle Écriture. Ce sont ces exercices qui font
obtenir ensuite la célérité nécessaire, & qui procurent une
belle expédition : objet bien plus intéressant pour les besoins de la société, qu'une Écriture peinte & exécutée len-
tement.

POUR bien disposer une main à l'acte d'écrire, il faut donc
l'exercer par des traits divers : la main ainsi disposée écrit
beaucoup mieux & plus promptement.

MAIS faut-il faire succéder à ces exercices, & durant des
mois entiers, des exemples de mots barbares imaginés sim-

plement pour former des jambages; de ces grands mots qui ne préfentent aucun fens à l'efprit, & qui, loin de l'orner, ne font qu'ennuyer l'Élève? Je ne le crois pas.

Après avoir donné à l'Élève des principes certains fur la fituation du corps & des agens qui concourent à l'acte d'écrire, après s'être occupé de donner à fa main tout l'effor poffible, craignons de réfroidir en lui le defir d'écrire, en lui faifant tracer long tems ces mots bifarres. Donnons, au contraire, de l'étendue à fes idées, en lui faifant parcourir fucceffivement beaucoup de modèles d'Écriture proportionnés à fes facultés, à fon intelligence, & formés fur des fujets qui l'intéreffent. Cette marche éviteroit toute efpèce de routine, de monotonie; & l'Élève apprendroit plus promptement & avec plaifir.

Ne croyez pas, Messieurs, que je veuille bannir abfolument de la démonftration les figures géométriques, qui font la bafe de l'Écriture, & qui donnent, par leur obfervation, les proportions agréables à chaque genre de caractère. Il eft, fans doute, avantageux qu'un Maître foit affez inftruit des principes de la Géométrie, pour en donner à fes Élèves quelques notions, afin qu'ils puiffent, par leurs fecours, fe rendre compte des défauts de proportions dans la forme des lettres, & les obferver jufqu'à un certain point. Mais il ne doit pas exiger trop de rectitude, que la main de fes Élèves ne foit formée. *L'Art eft de faire difparoître l'Art.* Toute Écriture où l'on appercevra la gêne & la précifion géométriques, fera néceffairement monotone, & annoncera qu'elle aura été produite avec lenteur. L'Écri-

ture confidéré dans ce point de vue, perdroit beaucoup de
fon utilité.

Mais eft-ce affez de bien écrire ? Eft-ce affez de favoir
enfeigner à former des lettres, & de les bien anatomifer ?
Eft-ce là feulement à quoi doivent fe borner les fonctions
des Experts - Écrivains ? Non, Messieurs.

L'Art de bien peindre l'Écriture eft d'un grand mérite,
fans doute ; mais il n'eft rien, fi l'Artifte n'eft encore doué
d'une certaine intelligence qui le mette à portée d'en faire
l'ufage convenable.

S'il écrivoit feulement pour lui, fon travail confifteroit
à rendre fes productions exactes dans les formes, flatteufes
dans l'exécution, agréables, féduifantes dans l'enfemble,
& tel eft le mérite d'un faifeur d'exemples. Mais l'Artifte
doit embraffer bien plus d'objets, lorfqu'il veut s'appliquer
à l'enfeignement.

Il ne doit plus fe regarder, alors, il fe doit tout entier à
fes Élèves : toutes fes productions leur appartiennent, &
elles doivent être auffi variées que leurs befoins le re-
quièrent.

Un Sujet eft-il deftiné à profeffer l'Écriture ? l'on doit
entrer avec lui dans les plus petits détails fur les proportions
des caractères, fur les mouvemens néceffaires pour les bien
produire, tant en lettres mineures que majeures. On ne
doit lui laiffer rien ignorer des moyens qui concourent à
former des traits agréables. Enfin on doit lui infpirer le goût
pour l'exactitude dans le deffein, & dans l'exécution de fes

ouvrages ; on doit exiger de lui que toutes ses productions présentent à l'œil l'ensemble le plus flatteur. Tout doit porter, autant qu'il est possible, le caractère de la perfection dans un homme qui veut instruire.

Un Élève destiné à occuper une place dans les Bureaux de Finance ou de Banque, a-t-il besoin d'une Écriture aussi recherchée que celle d'un Professeur ? Non : elle lui deviendroit inutile par sa lenteur ; des caractères d'un bon goût, tracés avec grace & facilité, lui suffisent. L'on doit lui donner tous les moyens de pouvoir dresser divers genres de comptes, former des tableaux, les varier de beaucoup de manières, & lui faire tracer avec élégance ses divisions, ses acolades, & particulièrement ses chiffres. L'on doit encore exiger de cet Élève des titres bien faits & proportionnés, une expédition haute, soutenue, légère, facile, sans trop grande rapidité, afin qu'elle ne dégénère point en griffonnage.

Un Sujet qu'on destine au Commerce ou à tous autres objets de la société, a encore moins besoin d'écrire en peintre. On ne doit s'occuper que de lui donner une Écriture lisible, & sur-tout très-facile, beaucoup d'écriture nommée *Duchesse*, une rapidité continuelle dans ses mouvemens, de la vivacité, de l'égalité dans son expédition ; voilà ce dont il a le plus besoin. Passer ensuite à la formation des écrits en usage dans le Commerce ; lettres missives, factures, comptes, tenues de livres, Arithmétique, mercantile, changes étrangers, voilà les objets sur lesquels il paroît nécessaire d'appuyer pour un jeune homme destiné

au Négoce; voilà la marche qu'il paroît néceffaire de tenir
relativement à la deftination des Élèves.

Pour que l'enfeignement de l'Écriture & des Arts qui la
doivent accompagner ait tout le fuccès qu'on pourroit s'en
promettre, en fuivant le plan que j'ofe expofer, il feroit à
defirer que l'émulation des Élèves vînt toujours à l'appui des
foins d'un Profeffeur attaché aux devoirs de fon état; &
le moyen le plus propre à faire naître cette émulation, eft
une éducation publique.

On ne peut trop defirer de voir les Parens convaincus,
que ce n'eft que dans nos claffes que des Élèves peuvent
réellement s'inftruire & devenir des Sujets capables de remplir les divers emplois auxquels on les deftine. Les démonftrations, les differtations générales d'un Profeffeur intelligent, fes leçons particulières, l'examen journalier & régu-
lier des ouvrages, font germer & développer en eux des
difpofitions qui, fans cela, deviendroient infructueufes.

Est-ce un jeune homme, feul dans fon cabinet, qui
pourra foutenir un travail conftant, & qui fera des progrès?
Cela n'eft pas poffible. Il eft diffipé ou ennuyé. En claffe,
au contraire, fon amour-propre eft réveillé fans ceffe, par
là variété des objets qu'on y traite.

Tantôt c'eft un concours que inflamme fon imagination
par l'envie de furpaffer fon émule; tantôt c'eft une propofition dont on fixe le tems pour en donner le réfultat; une
autre fois c'eft un tableau compliqué qu'il faut rendre d'une
manière fatisfaifante, & à heure marquée. Tous ces moyens

font victorieux pour faire opérer des progrès rapides à un jeune homme bien né. Reſſources qu'il ne peut avoir dans une inſtitution particulière.

Mais, objectera-t-on, peut-on décemment envoyer un jeune homme diſtingué en claſſe ? Ne ſeroit-ce pas le compromettre ou l'humilier ? D'ailleurs, il eſt déjà d'un âge formé, il vient d'achever ſes études ; il pourroit corrompre ſon caractère ou ſes mœurs, par la fréquentation de jeunes gens de moindre condition que lui.

On répond à cette objection, dictée plutôt par l'amour-propre que par aucuns motifs raiſonnables, que tous les hommes ſont égaux, lorſqu'il s'agit d'acquérir des talens. Les Univerſités en ſont la preuve, puiſqu'elles réuniſſent, dans leur ſein, des Élèves de tous les états & de toutes les conditions. D'ailleurs c'eſt le mérite ſeul qui doit les différencier ; & lorſqu'on choiſira un Profeſſeur honnête & capable de tenir ſa claſſe ſur un ton décent, il n'y aura pas le plus petit inconvénient à appréhender ; il en réſultera bien plutôt un très-grand avantage pour des Élèves jaloux de s'inſtruire.

La circonſtance qui nous procure, aujourd'hui, le plaiſir de voir un ſexe charmant nous honorer de ſa préſence, eſt trop flatteuſe pour ne pas la ſaiſir avec empreſſement, & lui prouver qu'il eſt ſouvent l'objet de nos réflexions pour ſon avantage.

L'éducation que l'on donne actuellement aux jeunes Demoiſelles, eſt ſi négligée, qu'on eſt forcé de s'en plaindre. Par

par intérêt pour elles. On court toujours à l'agréable, &
l'utile eſt délaiſſé. On leur laiſſe ſi peu de tems pour s'occuper de l'Écriture, que la plupart ne ſavent même pas écrire
paſſablement. On leur accorde ſix mois pour cet exercice.
Ces ſix mois ſont ſouvent réduits, par les circonſtances, à
deux ou trois; & l'on eſt étonné qu'elles ne ſachent pas
écrire au bout de ce tems, ſans conſidérer que le travail
d'une jeune perſonne ne peut s'évaluer, dans ce court eſ-
pace, à ſoixante heures d'un travail aſſidu.

Ne renoncera-t-on jamais au préjugé blâmable que les
femmes ſavent toujours aſſez bien écrire? N'eſt-il pas né-
ceſſaire qu'elles écrivent auſſi agréablement que les hommes,
lorſqu'elles ſont deſtinées à faire l'ornement de la ſociété?

Pourquoi les priveroit-on de cette partie eſſentielle de
l'éducation & des ſecours que procure l'Écriture, dans les
détails d'une maiſon? Pourquoi les priveroit-on des moyens
de tracer avec facilité les productions de leur eſprit? De
combien d'ouvrages agréables ne ſommes nous pas privés,
parce que beaucoup d'entr'elles ne ſavent pas tracer aſſez
bien & aſſez vîte les penſées que le génie leur ſuggère!

Tendres Mères, qui devez travailler au bonheur de vos
Enfans! & à qui l'éducation de vos Demoiſelles eſt particuliérement réſervée, faites leur donc commencer de bonne
heure l'étude de l'Écriture; ſuſpendez pour quelques tems,
les talens frivoles, & elles y réuſſiront; inſiſtez ſur les Arts
néceſſaires; récompenſez les progrès; occupez vous-en,
applaudiſſez à une belle pièce d'Écriture, à une opération
d'Arithmétique, avec autant d'enthouſiaſme qu'à une

E

Ariette ou à un morceau de clavessin bien exécutés; assistez quelquefois aux leçons qu'on donne à vos Demoiselles; vous leur inspirerez ce goût dont elles ont besoin, & elles chériront davantage les talens de première nécessité.

JE m'apperçois que je parle ici trop librement devant mes maîtres en tous genres; mais les bontés dont ils m'honorent m'ont inspiré cette franchise avec laquelle je viens de m'exprimer; & comme personne ne fait plus de vœux que moi pour l'illustration de cette Société, personne aussi ne desire plus de s'y rendre utile.

C'EST à ce titre seul que j'ose tout espérer de l'indulgence des Magistrats qui nous président, & du Public éclairé qui a bien voulu m'honorer de son attention.

MÉMOIRE
DE Mᴸᴸᴱ ROZÉ,
ADJOINTE,

Sur la possibilité de donner aux Femmes une Éducation plus scientifique.

MESSIEURS,

Eɴ recherchant l'honneur d'être admise dans un Corps dévoué à l'utilité publique, j'ai senti vivement le poids de l'obligation que je me suis imposée. Tout Membre d'une Société doit concourir à en relever l'éclat & la gloire. Il forme un anneau de la chaîne commune, & doit au Corps dont il fait partie, le tribut de son travail. Quel avantage pour moi, Mᴇꜱꜱɪᴇᴜʀꜱ, de puiser dans le sein de cette Compagnie, de nouvelles lumières, de pouvoir ajouter ses conseils à mes études, & de lui devoir tous mes succès ! Cette considération me soutient & m'anime ; elle affermit mes pas dans la carrière de l'éducation : carrière difficile à parcourir ; mais dans un siècle éclairé comme le nôtre,

quel encouragement, le defir d'être utile, n'a-t-il pas droit
d'efpérer.

Quelque cenfure qu'on puiffe fe permettre fur les mœurs
du tems où nous vivons, quelque fondée qu'elle puiffe
être, je dois ici un hommage public aux parens vertueux,
qui m'ont déjà confié les objets précieux de leur tendreffe.
Leurs avis font venus à l'appui des miens, leurs exemples
mêmes ont donné un nouveau degré de force à mes leçons.
Qui a jamais douté, MESSIEURS, du pouvoir de
l'exemple? Eft-il une leçon plus douce, plus efficace &
plus perfuafive? Chez un Peuple vertueux & bon, l'éducation eft néceffairement bonne, la vertu s'infinue dans le
cœur des enfans par tous les fens, ils la refpirent comme
l'air; au contraire, chez un Peuple corrompu, l'éducation
ne peut-être que mauvaife, fi l'on ne fouftrait aux yeux de
l'Élève le fpectacle dangereux des mœurs publiques.

Dans les premiers tems de la République Romaine, on
ne voyoit ni Collège ni École. On ne connoiffoit pas ces
afyles où l'on cherche à conferver l'innocence des premières
années. Pourquoi? C'eft qu'au fein des familles, aucune
action, aucune parole équivoque, ne frappoit les yeux ni
les oreilles de l'enfance. La Jeuneffe, inftruite dans la mai-
fon paternelle, formée, prefque fans s'en appercevoir, par
l'exemple de ceux dont elle avoit reçu le jour, apprenoit à
craindre les Dieux, à aimer fa Patrie, à défendre fa liberté.
L'Hiftoire nous a confervé mille traits héroïques de ces
Grands-Hommes, mille facrifices généreux que nous ne
pouvons lire fans attendriffement. Auffi le tableau des premiers fiècles de Rome nous offre la leçon la plus touchante
de la vertu & le plus beau traité de morale qui ait jamais
été préfenté aux hommes.

Mais depuis que, par leurs conquêtes, les Romains eurent pris les mœurs des Peuples, dont le luxe & la corruption avoient préparé la défaite, le goût de la vertu s'affoiblit parmi eux; le vice s'y insinua insensiblement; bientôt, enhardi & familiarisé avec les descendans d'un Peuple de Sages, de Héros, il pénétra de la place publique, du sénat, des camps même, dans l'intérieur des maisons : l'éducation en ressentit les atteintes les plus funestes. Il fallut dérober l'enfance à la contagion domestique, qui menaçoit d'étouffer le germe de la vertu, dans un cœur tendre & trop susceptible des premieres impressions.

L'Exemple est donc le premier des Maîtres, & les précautions pour assurer l'innocence des premieres années, sont indispensables. O vous, qui chérissez vos enfans ! tendres Meres, qui connoissez le prix de la vertu ! vous seules pouvez juger combien les sujets multipliés de distractions leur font perdre le goût du travail & de l'étude ! combien il est difficile aux sentimens honnêtes & vertueux de pouvoir germer dans des cœurs à qui les images riantes du plaisir se présentent de toute part ! Votre prudence veillant sans cesse sur eux, sera la sauve - garde de leurs mœurs, le garant de leurs progrès; la récompense la plus pure des vrais Instituteurs, qui la réclament aujourd'hui pour l'intérêt de vos enfans, pour le vôtre même, qui en est inséparable.

Mais une femme, MESSIEURS, peut-elle, sans présomption, se placer au rang des Instituteurs? Les lumieres & l'expérience que ce titre exige ne sont-elles pas au-dessus de ses forces ? Les préjugés qui éloignent mon sexe de la

plupart des sciences, ne paroissent-ils pas m'interdire les
fonctions de l'enseignement ?

Si l'on en croit un Écrivain très-connu « La recherche
» des vérités abstraites & spéculatives, des principes, des
» axiomes dans les sciences, tout ce qui tend à généraliser
» les idées, ce qui demande de l'attention, de la justesse,
» n'est point du ressort des femmes : leurs études doivent
» toutes se rapporter à la pratique ; leur éducation doit
» être relative aux hommes, leur plaire, leur être utile,
» se faire aimer & honorer d'eux, les élever jeunes, les
» soigner grands, les conseiller, les consoler, leur rendre
» la vie agréable & douce, voilà, dit-il, les devoirs des
» femmes dans tous les tems ». Quelque noble & glo-
rieuse que soit pour les femmes, cette destination à laquelle
de son autorité, cet Auteur restreint notre partage, faut-il
l'entendre dans le sens le plus rigoureux ? D'abord je pour-
rois demander, s'il est possible de conseiller, de consoler les
hommes, de les élever, de leur rendre la vie douce &
agréable, sans avoir des avis, des lumieres & des connoissances à leur présenter ? Et comment les femmes pour-
ront-elles leur offrir ces secours, si elles n'ont commencé
à se les procurer à elles-mêmes ? Les femmes (on me per-
mettra, sans doute, de les défendre) ont-elles reçu du
Créateur une ame d'un ordre moins relevé ? ont-elles l'esprit
moins vif, moins étendu, des sens moins parfaits que les
hommes ? Des Oracles du Ciel leur ont-ils interdit ces
études sublimes, ces méditations profondes où les hommes
puisent leurs connoissances, pour les réduire aux seules occupations de l'aiguille & du fuseau. C'est en vain qu'on se
rejette sur la délicatesse de leur constitution, sur la foiblesse

de leurs organes. Un ancien Naturaliste * démontre que   * Pline.
cette prétendue foibleſſe d'organiſation dans les femmes,
ne vient que du défaut de ces exercices ſalutaires, qui rendent les hommes plus forts & plus robuſtes. « La déli-
» cateſſe de la conſtitution des femmes, dit Ariſtote, dont
» j'oſe citer le témoignage, ne ſert qu'à prouver qu'étant
» plus ſubſtiles & plus ſouples, leurs organes n'en ſont que
» plus dégagés, pour pénétrer dans toutes les ſciences,
» réuſſir dans les arts avec moins d'effort & plus de rapi-
» dité ».

De deux Philoſophes, l'un ancien, l'autre moderne, le
premier nous ouvre le ſanctuaire des ſciences; le ſecond
nous le ferme. Auquel nous en rapporterons - nous? Une
foule d'exemples de tous les tems, de tous les pays, a décidé
la queſtion; & ſi je ne craignois, MESSIEURS, d'abuſer
d'un tems ſi précieux, je vous montrerois dans la Grece,
dans l'Italie, dans l'Europe entière, les femmes parcourant
à grand pas le carrière des Sciences & des Beaux - Arts,
maniant avec ſupériorité le compas, la Lyre & le Pinceau,
initiées dans les calculs les plus abſtraits, dans les combi-
naiſons les plus ſavantes, inſtruites dans la Phyſique, réflé-
chies dans la morale, touchantes & énergiques dans la
Poéſie, ſevères & judicieuſes dans l'Hiſtoire. Que de noms
célebres je retracerois à votre mémoire! que d'objets je rap-
pelerois à votre admiration! Depuis les plus beaux ſiecles
de l'antiquité juſqu'à celui qui a vu une Femme illuſtre
s'élever à la Philoſophie de Newton, & qui en voit encore
une autre, non moins célebre, donner publiquement à Bo-
logne, des Leçons de la plus ſublime géométrie. Depuis
le Trône où pluſieurs Femmes célebres ont fait monter les

Sciences avec elles, jufqu'à la retraite du cabinet, d'où les
Dacier, les Deshoulieres & tant d'autres inftruifoient ou
charmoient leurs contemporains, tant d'exemples vous con-
vaincront, MESSIEURS, que la Providence a partagé
également fes dons, que l'Efprit & le Génie n'ont point de
fexe, & qu'une éducation plus foignée daus l'homme qui
prétend à la prééminence, eft la feule caufe de cette inéga-
lité prétendue.

Mais, fans vouloir ériger les femmes en autant de Philo-
fophes & d'Auteurs, fans remplir leurs têtes de fyftêmes &
de théories fublimes, ne peut-on pas, en les formant à la
pratique des devoirs de leur état, donner de l'effor à leur
intelligence, les initier au moins dans les élémens des
Sciences & des Arts? Quel avantage la Société n'en retire-
roit-elle pas?

Voilà, MESSIEURS, l'unique objet que je me fuis
propofé: fon utilité fervira d'excufe à mon ambition; je
compte aujourd'hui, plus que jamais, fur les moyens de
le remplir: & mes fuccès vont dater d'un moment auffi
flatteur pour moi. L'exemple les Membres de cette Société, la préfence des Magiftrats qui nous encouragent, la
protection du Souverain qui nous gouverne, vont ranimer
ma confiance, me donner de nouvelles forces pour concourir à l'éducation de la Jeuneffe, & mériter, par mes foins
& mon travail, votre bienveillance & vos fuffrages.

Lus & approuvés ce 28 Décembre 1784. DE SAUVIGNY.
Vu l'Approbation, permis d'imprimer, DE CROSNE.

Nota. *Le Mémoire de M.* Haüy *, Interprète du Roi , &*
l'un des Membres dudit Bureau , fur l' Education des Aveugles,
qui a été lu dans la même féance , doit être imprimé par ces
infortunés & à leur feul profit , ainfi que la partie qui concerne
le jeune Etranger inconnu. Le Roi a daigné accepter la dé-
dicace du premier Ouvrage qui fortira de la preffe des
Aveugles , & Sa Majefté a permis que fon nom foit en tête
de la lifte des Soufcripteurs.

www.ingramcontent.com/pod-product-compliance
Lightning Source LLC
Chambersburg PA
CBHW060841180626
46818CB00004B/1529